... ET ALORS ?
ORS JE ME SUIS FUI EN COURANT ME RÉFUGIER ICI.

MARTIN VEYRON

Jivara

suivi de Le Président a disparu *et autres dialogues illustrés...*

Albin Michel

Du même auteur
aux Éditions Albin Michel :

BERNARD LERMITE

Bernard Lermite 2
PLUS LOURD QUE L'AIR

Bernard Lermite 3
PERSONNELLEMENT,
JE NE VEUX PAS D'ENFANTS
MAIS LES MIENS FERONT
CE QU'ILS VOUDRONT

Bernard Lermite 4
L'ÉTERNEL FÉMININ DURE

Bernard Lermite 5
CE N'EST PLUS LE
PEUPLE QUI GRONDE,
MAIS LE PUBLIC
QUI RÉAGIT

Bernard Lermite 6
PEUT-ON FUMER
APRÈS LA MORT

L'AMOUR PROPRE
NE LE RESTE JAMAIS
TRÈS LONGTEMPS

UN NÈGRE BLANC
LE CUL ENTRE DEUX CHAISES

EXECUTIVE WOMAN

VITE !
Dessins de presse
tracés dans l'urgence

... DONC, JEAN

En collaboration avec
Jean-Marc Rochette :

EDMOND LE COCHON

EDMOND LE COCHON VA EN AFRIQUE

LE CONTINENT MYSTÉRIEUX

Mise en couleurs : Christine Couturier

22, rue Huyghens, 75014 Paris
ISBN 2-226-05914-8

Cet album a été achevé d'imprimer en mai 1992
par Jean Lamour à Maxeville, Nancy, pour la SEFAM
Dépôt légal : juin 1992. N° d'édition : 10141

Ces planches ont été prépubliées dans L'ÉVÉNEMENT DU JEUDI, LUI et DYNASTEURS.

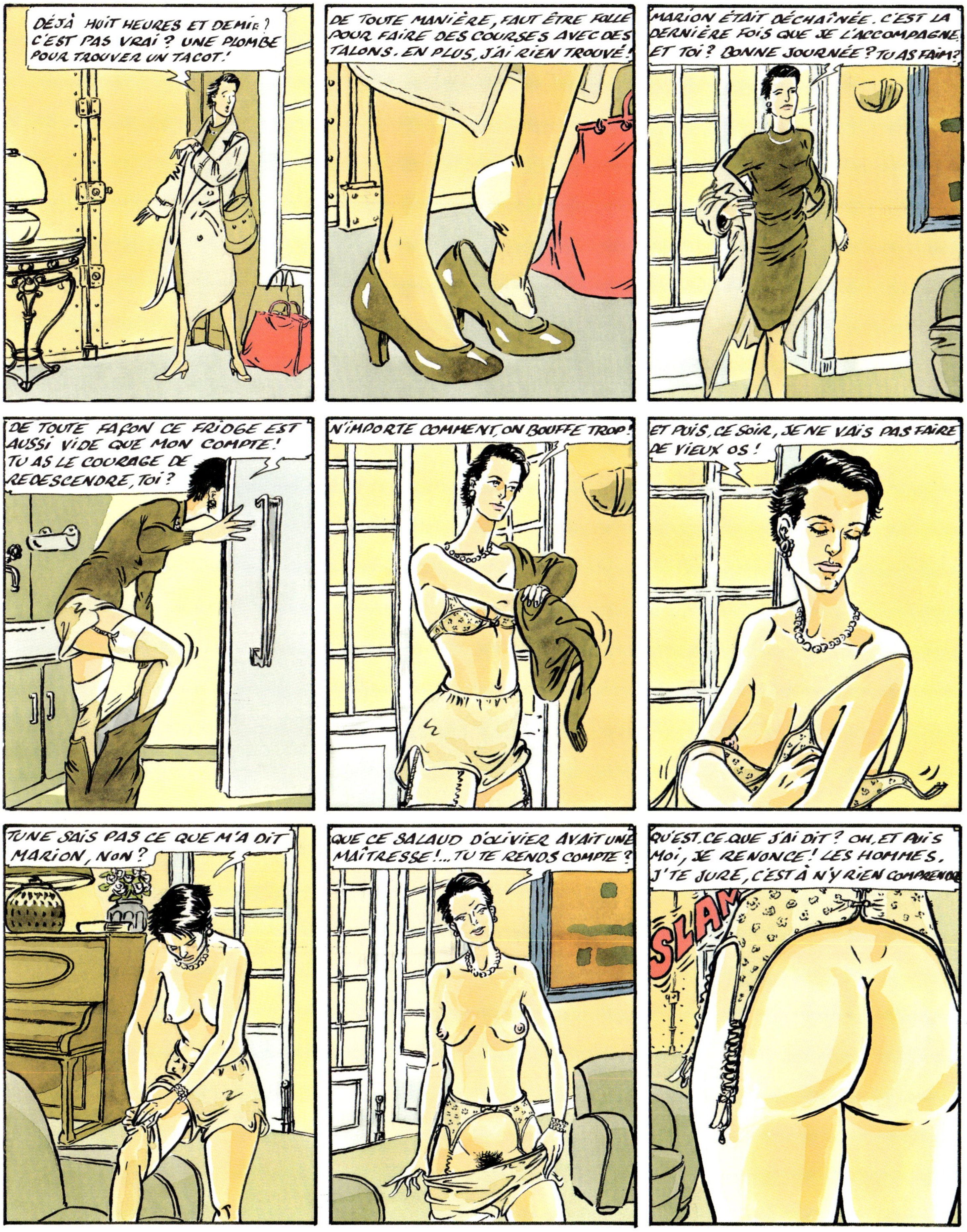
DÉJÀ HUIT HEURES ET DEMIE ? C'EST PAS VRAI ? UNE PLOMBE POUR TROUVER UN TACOT !
DE TOUTE MANIÈRE, FAUT ÊTRE FOLLE POUR FAIRE DES COURSES AVEC DES TALONS. EN PLUS, J'AI RIEN TROUVÉ !
MARION ÉTAIT DÉCHAÎNÉE. C'EST LA DERNIÈRE FOIS QUE JE L'ACCOMPAGNE. ET TOI ? BONNE JOURNÉE ? TU AS FAIM ?
DE TOUTE FAÇON CE FRIGO EST AUSSI VIDE QUE MON COMPTE ! TU AS LE COURAGE DE REDESCENDRE, TOI ?
N'IMPORTE COMMENT, ON BOUFFE TROP !
ET PUIS, CE SOIR, JE NE VAIS PAS FAIRE DE VIEUX OS !
TU NE SAIS PAS CE QUE M'A DIT MARION, NON ?
QUE CE SALAUD D'OLIVIER AVAIT UNE MAÎTRESSE !... TU TE RENDS COMPTE ?
QU'EST-CE QUE J'AI DIT ? OH, ET PUIS MOI, JE RENONCE ! LES HOMMES, J'TE JURE, C'EST À N'Y RIEN COMPREND
SLAM

Jivara

AH ! VISE LE CAUCHEMAR... TU AURAIS PU ME LAISSER LA BAGNOLE !
IL FALLAIT CONVAINCRE TA MÈRE MON PETIT VIEUX !
ATTENDEZ-MO LES GARÇONS !
TROIS HEURES DE HONTE ! VIVE LE T.G.V. AVANT, ON SE LA FADAIT SIX HEURES !
DOUCEMENT ENFIN !
JE TE SIGNALE QU'IL S'AGIT QUAND MÊME DE TA MÈRE !
POURQUOI VOUS PRESSEZ-VOUS COMME ÇA ? TU AS HÂTE DE NOUS QUITTER MON CHÉRI ?
AVOUE HYPOCRITE !
PETIT CON ! MOI, EN TOUT CAS, À TON ÂGE, JE NE ME RETROUVAIS PAS EN VACANCES AVEC MÔMAN !
C'EST LÀ ? BEN VOUS VOYEZ : ON AVAIT TOUT NOTRE TEMPS !
APPORTE LES SACS, JULIEN ; J'AI REPÉRÉ NOS PLACES !
EH PAPA, TU AS L'AIR DE BIEN BRANCHER LA MEUF À LUNETTES LÀ-BAS. SI T'ES UN PEU DÉGOURDI TU ÉCHAPPES AU CÉLIBAT !
HEIN ?

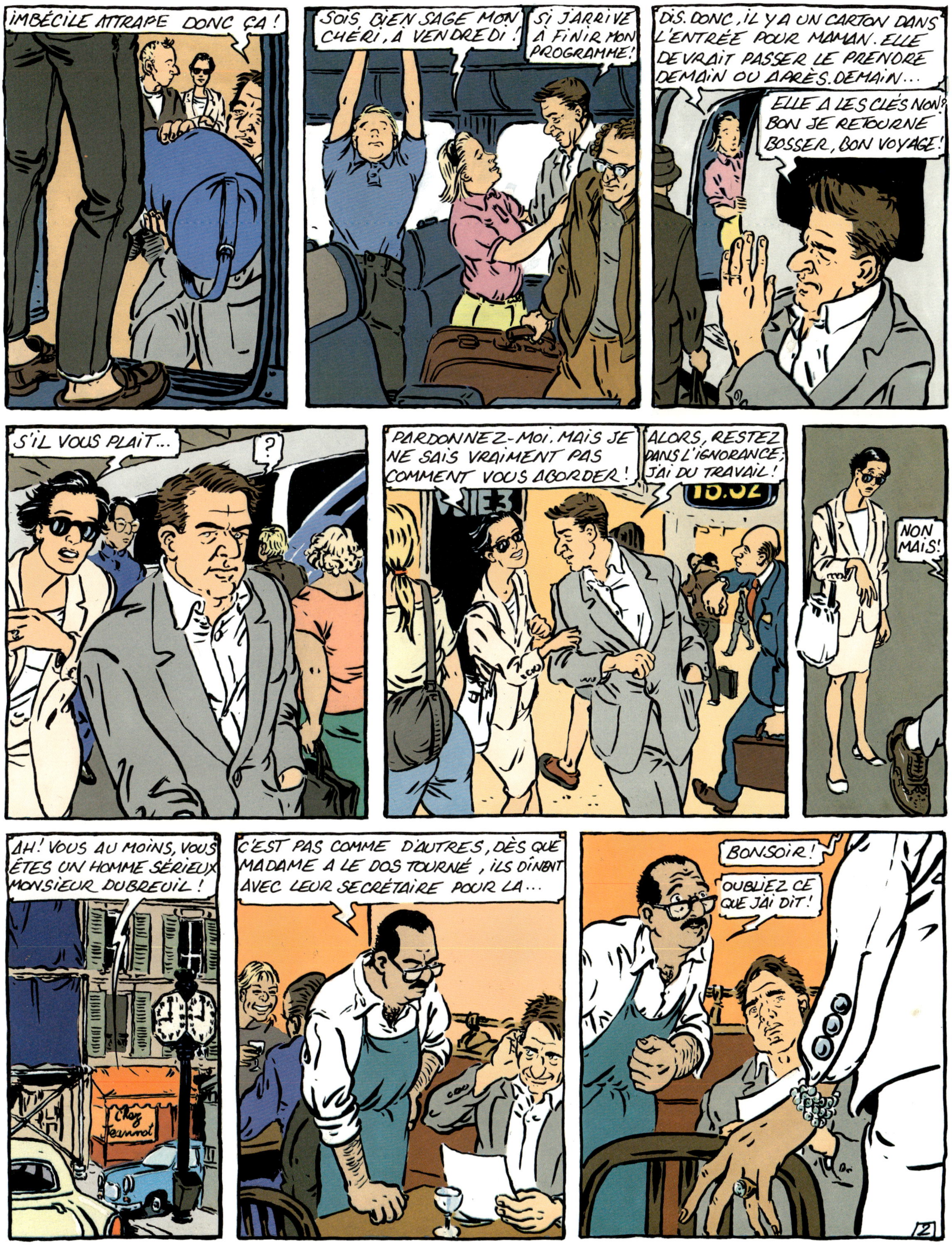
IMBÉCILE ATTRAPE DONC ÇA !
SOIS BIEN SAGE MON CHÉRI, À VENDREDI !
SI J'ARRIVE À FINIR MON PROGRAMME !
DIS. DONC, IL Y A UN CARTON DANS L'ENTRÉE POUR MAMAN. ELLE DEVRAIT PASSER LE PRENDRE DEMAIN OU APRÈS.DEMAIN...
ELLE A LES CLÉS NON ? BON JE RETOURNE BOSSER, BON VOYAGE !
S'IL VOUS PLAIT...
?
PARDONNEZ-MOI. MAIS JE NE SAIS VRAIMENT PAS COMMENT VOUS ABORDER !
ALORS, RESTEZ DANS L'IGNORANCE; J'AI DU TRAVAIL !
NON MAIS !
AH ! VOUS AU MOINS, VOUS ÊTES UN HOMME SÉRIEUX MONSIEUR DUBREUIL !
Chez Jeannot
C'EST PAS COMME D'AUTRES, DÈS QUE MADAME A LE DOS TOURNÉ, ILS DÎNENT AVEC LEUR SECRÉTAIRE POUR LA...
BONSOIR !
OUBLIEZ CE QUE J'AI DIT !
2

QU'EST-CE QUE VOUS VOULEZ MADAME ?
MADEMOISELLE ... DONNEZ MOI LA CARTE, JE VAIS CHOISIR.
JE N'AI PAS L'INTENTION DE VOUS INVITER À DÎNER ! QU'EST-CE QUE VOUS CHERCHEZ ?
À FAIRE CONNAISSANCE, C'EST UN CRIME ?
MADEMOISELLE, VOUS ALLEZ GENTIMENT VOUS LEVER ET PARTIR OU JE VOUS FAIS HONTE !
PAS CAP !
HEIN ? CINQ MILLE BALLES LA NUIT ? MAIS VOUS VOUS ÊTES REGARDÉE ?
PAS MAL !
MAIS INSUFFISANT POUR POUVOIR DÎNER SEUL : C'EST MOI QUI PARS !
DING DONG
VOILÀ ; VOUS SAVEZ OÙ SE TROUVE LE BUREAU DE MONSIEUR DUBREUIL ?
BIEN SÛR, MERCI JE VAIS ME DÉBROUILLER !
3

AH VOUS ÊTES LÀ MONSIEUR DUBREUIL ? Y AVAIT VOTRE COLLABORATRICE QUI VOUS AVAIT PAS TROUVÉ ET QU'AVAIT BESOIN DES DEVIS DU CHANTIER PERRAULT RAPPORT À LA CHARRETTE QU'EST À L'AGENCE !
QUELLE MÉMOIRE ! BONNE NUIT MADAME...
MAINTENANT ÇA VA BIEN ; J'APPELLE LES FLICS !
SGLONG
TCHIC TCHIC
ALLÔ LES FLICS ? EUH... LA POLICE ? IL Y A UNE FEMME CHEZ MOI... COMMENT ÇA "J'AI DE LA CHANCE" ÉCOUTEZ...
...C'EST UNE PARFAITE INCONNUE !... ...NON !... SI, CONTRE MON GRÉ !... MAIS PAR LA RUSE !... ARMÉE ? JE NE CROIS PAS !... ALLÔ, ALLÔ ? CON DE FLIC !
CHLAC!
O.K ! MAIS JE PEUX TOUJOURS VOUS FOUTRE À LA PORTE !
HOU ! QU'IL EST VILAIN !
NON MAIS !
PAUL ? PAUL VOUS ÊTES LÀ ? C'EST MOI, HOU HOU !
PARDON DE PASSER SI TÔT, MAIS HÉLÈNE M'A DEMANDÉ DE PASSER PRENDRE UN CARTON ET J'AI DE LA ROUTE À FAIRE
HEIN ? OUI ! BEN ÇA DOIT ÊTRE ÇA BELLE MAMAN !
GNIAAAAAAWH ! QUELLE HEURE EST-IL ?

HUM! EH BIEN, JE NE VAIS PAS VOUS DÉRANGER PLUS LONGTEMPS...
...
RASSUREZ-MOI : NOUS N'AVONS PAS PASSÉ LA NUIT ENSEMBLE!
EH NON! JE SUIS REVENUE PAR L'ECHAFAUDAGE...
SCLONG
... POUR FAIRE MON ENTRÉE EN MÊME TEMPS QUE VOTRE BELLE-MÈRE. VOUS N'ALLEZ PAS ENCORE ME MENACER!?
NON, PARCE QUE JE ME DEMANDE SI CE N'EST PAS CE QUE VOUS CHERCHEZ
C'EST JUSTE UN CAUCHEMAR, JE VAIS ME RÉVEILLER, ET TOUT VA ÊTRE COMME AVANT!
... TU PARLES! QUAND JE SUIS SORTI DE LA DOUCHE, ELLE ÉTAIT LÀ, BIEN RÉELLE : UN CAUCHEMAR!
ALORS, GAULÉ POUR GAULÉ TU L'AS SAUTÉE POUR DE VRAI.
JAMAIS D'LA VIE, JE L'AI VIRÉE ENCORE UNE FOIS!
DUBREUIL & VERDOUX ARCHITECTES DPLG
TU SAIS PAUL, TU PEUX ME LE DIRE, À MOI QUE TU L'AS SAUTÉE. ET HÉLÈNE? ELLE DOIT ÊTRE AU COURANT MAINTENANT...
LÀ, LA FOLLE!
PERFORMER'S BIZZ
PAUL! C'EST TOUT DE MÊME TA FEMME!
LÀ! EN PHOTO! LA FOLLE QUI ME POURSUIT!
PERFORMER'S BIZZ
MAIS DIS-DONC, SI ÇA SE TROUVE, ELLE TE VEUT PUREMENT PROFESSIONNELLEMENT... EH, PAS DE BLAGUES, TU ME TIENS AU COURANT!
AFFAIRES
PROFESSION: CHASSEUSE DE TÊTES.
DIANE DORMEN...
"LE GIBIER NE SE LAISSE JAMAIS FAIRE!"
"JE TE VEUX, JE T'AURAI!"
DIANE DORMEN DU CABINET DE RECRUTEMENT DORMEN.
"DÉBAUCHER LES SATISFAITS"
DOR
CABI
DE
ECRU
RENDEZ-VOUS?
JAMAIS!
5

MONSIEUR, C'EST MA TÊTE QU'ELLE CHASSE, ATTENDEZ VOTRE TOUR
JE NE SUIS PAS UN ARCHITECTE À VENDRE. COMPRIS?
JE NE RECHERCHE PAS D'ARCHITECTE, MAIS UN MARI!
J'AI COMPRIS: C'EST UN TEST D'INTIMIDATION! J'AI ASSURÉ?
MAIS JE SUIS DÉJÀ MARIÉ!
PLUS POUR LONGTEMPS. VOTRE FEMME A DÛ DÉJÀ TELEPHONER À UN AVOCAT!
JE VAIS LUI EXPLIQUER QUE J'AI AFFAIRE À UNE DINGUE!
ELLE NE VOUS CROIRA JAMAIS.
RÂÂHH!
ÇA NE SERT À RIEN DE S'ÉNERVER PAUL. VOUS DEVRIEZ PLUTÔT VOUS SENTIR FLATTÉ...
...JE VOUS AI SELECTIONNÉ SUR UN LISTING DE CINQ MILLE NOMS. DIVERS PARAMÈTRES FONT DE VOUS MON MARI IDÉAL!
ET L'AMOUR ALORS?
TSST! VOUS ÊTES UN GRAND GARÇON PAUL DUBREUIL!
OUAIS? JE PENSAIS QUE LES FILLES ÇA Y CROYAIT...
JE...
IL FAUT LIRE LES JOURNAUX
À BIENTÔT!
PLUTÔT CREVER!
NON MAIS!

"... MAIS MA CHÉRIE, TU PENSES BIEN QUE SI J'AVAIS FAIT UNE CHOSE PAREILLE, ÇA N'AURAIT PAS ÉTÉ À LA MAISON!"... NON, ÇA NE VA PAS, LA VÉRITÉ: "JE NE LA CONNAIS NI D'ÈVE NI D'ADAM... COMMENT? PAR L'ÉCHAFAUDAGE! COMMENT ÇA: "J'AI EU LE TEMPS DE PRÉPARER MA VERSION?" TU TE POUSSES GROS CON?
"... UN GUET-APENS! JUSTE QUAND TA MÈRE ARRIVAIT! SI ELLE AVAIT ÉTÉ MA MAÎTRESSE ELLE SE SERAIT PLANQUÉE... MAIS NON JE NE SUIS PAS FAUX JETON!"
VU BEAU PAPA! ALLONS SORTEZ DE LÀ!
HUM!... PAUL... HUM!... HUM! ÉCOUTEZ C'EST EXTRÊMEMENT GÊNANT... HUM!
QU'EST-CE QUI EST GÊNANT BON PAPA? IL NE S'EST ABSOLUMENT RIEN PASSÉ!
VOUS AVEZ RAISON MON CHER PAUL CONTINUEZ À NIER FAROUCHEMENT. L'IDÉAL AURAIT TOUT DE MÊME ÉTÉ DE NE PAS VOUS FAIRE PRENDRE!
PUISQUE JE VOUS... NON, RIEN! BON! HÉLÈNE EST LÀ?
À LA PLAGE SÛREMENT. HUM! SES SŒURS AUSSI; SOYEZ PRUDENT!
TOUT VA S'ARRANGER BEAU PAPA!
PARRAIN! PARRAIN!

LES GENS SONT D'UN LAID...
PLOUCS COMME C'EST PAS PERMIS!
DIS. DONC TOI, VA JOUER PLUS LOIN, ARNAUD ET BLANDINE S'AMUSENT TRÈS BIEN SEULS!
HÉLÈNE, VOILÀ TON MARI!
MAIS QU'EST-CE QUE TU FAIS DANS SES BRAS, NATH? VEUX-TU DESCENDRE IMMÉDIATEMENT!
ÇA VA, PAS LA PEINE DE ME TRAITER COMME UN PESTIFÉRÉ
CE N'EST PAS LA PESTE QU'ON ATTRAPPE AVEC UN COMPORTEMENT COMME LE TIEN MON PETIT PAUL.
BON, JE PEUX M'EXPLIQUER TRANQUILLEMENT AVEC MA FEMME, OUI?
TA FEMME, TA FEMME...
TU NE VAS PAS LA BATTRE AU MOINS?
IL EN SERAIT CAPABLE!
DE TOUTE FAÇON MES SŒURS PEUVENT TRÈS BIEN ENTENDRE CE QUE J'AI À TE DIRE!
ET TOC!
VOS GUEULES LES MORUES SINON JE NE VAIS PAS ENTENDRE CE QU'HÉLÈNE A À ME DIRE!
HOULÀ!
GROSSIER EN PLUS!
COOL! COMME DIRAIT FABRICE!
CE QUE TU AS FAIT EST TRÈS HUMILIANT!
JE N'AI RIEN FAIT!
SALAUD MAMAN T'A VU!
EN TRAIN DE LA LIMER?
JE T'EN PRIE PAUL; TU ES RÉPUGNANT! N'IMPORTE COMMENT, CE N'EST PAS LA PREMIÈRE FOIS : TU ES RECIDIVISTE!
EH! HO! IL YA PRESCRIPTION!
8

OH, PAUL ! VOUS ÊTES LÀ ? VOUS AVEZ PU FAIRE LA PAIX AVEC HÉLÈNE ?
ELLE DIVORCE ! ELLE S'EST MONTÉ LE BOURRICHON AVEC SES SŒURS : PAN !
OH MON DIEU ! J'AURAIS MIEUX FAIT DE ME TAIRE ! MAIS VOUS, PAUL...
SAVEZ-VOUS OÙ EST JULIEN ?
OUT !
MENTEUR !
PAPA !
À TA PLACE CASANOVA, JE FERAIS PAS LE FIER !
TU VEUX QUE J'EN VOIE LA BELLE MÈRE VOIR CE QUI SE PASSE SOUS TON BUREAU TOUS LES SOIRS À SIX HEURES ?
COMMENT TU LE SAIS ?
DÈS QUE TU AS UN VERRE DANS LE NEZ, TU T'EN VANTES MON CHER BEAU-FRÈRE, TU T'EN VANTES !
ET T'AS RIEN DIT À HÉLÈNE ?
JE MÉPRISE TELLEMENT TA FEMME QUE ÇA ME FERAIT CHIER DE FOUTRE EN L'AIR SON MARIAGE ; ELLE POURRAIT HÉLAS TOMBER SUR UN MEC BIEN !
TU ES AU COURANT POUR TA MÈRE ? ÇA VA ? ÇA NE TE FAIT PAS TROP DE PEINE ?
TU RIGOLES ? C'EST TOUT BÉNEF ! COMME VALÉRIE A DÉJÀ QUITTÉ LA MAISON, ÇA DEVIENT TROP GRAND POUR JUSTE MAMAN ET MOI !
...DONC POUR MA RENTRÉE À LA FAC J'AI MON STUDIO, JE NE SUIS PLUS COMME UN CON CHEZ PÔPA-MÔMAN !
VU COMME ÇA...
ET TOI ? TU VAS VIVRE AVEC TA PETITE AMIE ?
JULIEN ! JE N'AI PAS DE PETITE AMIE !
9

COMMENT SAIS-TU QU'ELLE VOUDRA DIVORCER?
J'AI FAIT FAIRE UNE SIMULATION SUR UN ÉCHANTILLON PSYCHO-SOCIO-CULTUREL IDENTIQUE!
PFIOU! LA PREUVE QUE LES GONZESSES SAVENT TIRER D'AUTRES FICELLES QUE CELLES DE LEURS TAMPAX!
J'AURAIS QUAND MÊME PRÉFÉRÉ QU'IL TOMBE RAIDE-DINGUE DE MOI AU PREMIER REGARD!
TU AS L'AIR DE DOUTER, TOUT EST SOUS CONTRÔLE, NON?
MOUAIS... SUR LE PAPIER TOUT FONCTIONNE, MAIS JE CRAINS QUE DANS LA RÉALITÉ, L'HOMME NE SE DÉBATTE DÉRAISONNABLEMENT!
ARRÊTE DE DOUTER, IL VA BIEN FINIR PAR RÉALISER QU'IL GAGNE AU CHANGE!
ET S'IL AVAIT UNE MAÎTRESSE CACHÉE? ELLE FONCERA DANS LA BRÊCHE...
...OU S'IL SE DISAIT: «ENFIN SEUL, PEINARD...» BON! JE VERRAI BIEN IL DEVRAIT ARRIVER MAINTENANT!
AU FAIT, COMMENT CONNAIS-TU SES ALLÉES ET VENUES?
chez Jeandot
SBLONG
MAIS... SUIS-JE BÊTE, TOUT VA POUR LE MIEUX: ENFIN SEUL, PEINA
DING
DONG
10

AH, C'EST TOI ? TU M'AS FAIT PEUR !
POURQUOI ? T'AS CRU QUE C'ÉTAIT MAMAN ?
ELLE M'A TOUT RACONTÉ AU TÉLÉPHONE... COMME J'AI VU TA VOITURE EN BAS... ELLE EST LÀ L'AUTRE ?
QUELLE AUTRE ?
SBLONG
MAIS MON PETIT PAPA, TU PEUX TOUT ME DIRE À MOI, JE SUIS DE TON CÔTÉ
TU NE VAS PAS T'Y METTRE AUSSI !
TU SAIS, AVEC JULIEN ON EST DÉJÀ VACHEMENT RECONNAISSANTS QUE TU SOIS RESTÉ SI LONGTEMPS AVEC MAMAN POUR NOUS ! ALORS...
MAIS, C'EST ELLE QUI... TIENS !?
CLIC !
QU'EST-CE QUE VOUS FAITES LÀ ?
EUH... JE VOUS CAMBRIOLE, PENDANT LES VACANCES, ÇA SE FAIT VOUS SAVEZ !
AH ? EH BIEN PRENEZ TOUT, ÇA ÉVITERA LES DISPUTES !
PAS QUÈS ! JE DOIS HÉRITER DE LA MOITIÉ DE TOUT ÇA ! ALORS, POSE ÇA ET FOUS LE CAMP VOLEUR !
NON MAIS !
TU PARS TOUJOURS POUR AVIGNON AVEC TON THÉÂTREUX ?
MON DIEU ! JE N'AVAIS PAS PENSÉ À ÇA. IL PRÉFÈRE LES MECS !
AH OUAIS ! ILS MONTENT RACINE EN RAP, C'EST DÉMENT !
PARDON !
MAIS REVENONS À TOI MON PETIT PAPOUNE !
VOUS ÊTES GONFLÉ VOUS !

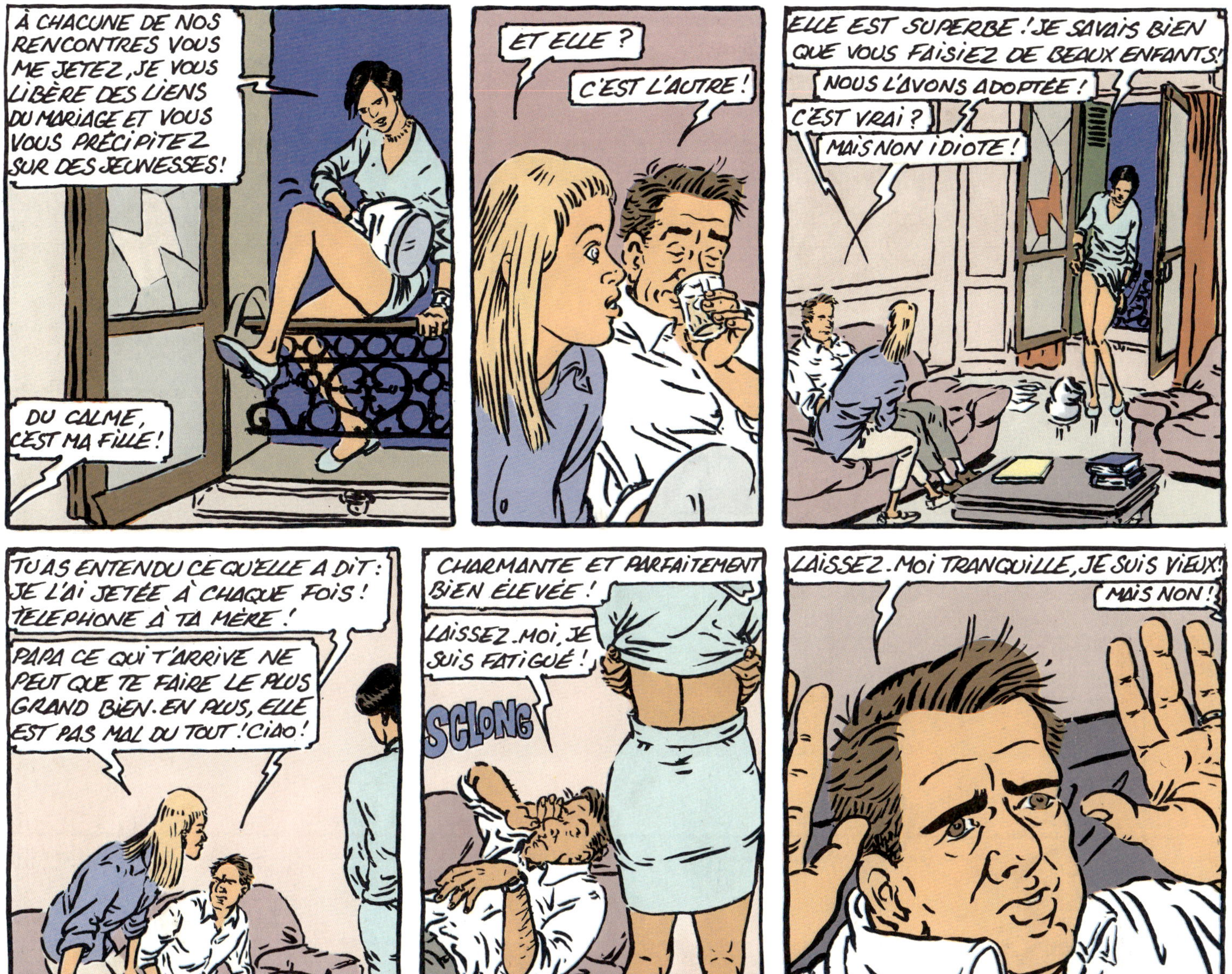
À CHACUNE DE NOS RENCONTRES VOUS ME JETEZ, JE VOUS LIBÈRE DES LIENS DU MARIAGE ET VOUS VOUS PRÉCIPITEZ SUR DES JEUNESSES!
DU CALME, C'EST MA FILLE!
ET ELLE?
C'EST L'AUTRE!
ELLE EST SUPERBE! JE SAVAIS BIEN QUE VOUS FAISIEZ DE BEAUX ENFANTS!
NOUS L'AVONS ADOPTÉE!
C'EST VRAI?
MAIS NON IDIOTE!
TU AS ENTENDU CE QU'ELLE A DIT: JE L'AI JETÉE À CHAQUE FOIS! TÉLÉPHONE À TA MÈRE!
PAPA CE QUI T'ARRIVE NE PEUT QUE TE FAIRE LE PLUS GRAND BIEN. EN PLUS, ELLE EST PAS MAL DU TOUT! CIAO!
CHARMANTE ET PARFAITEMENT BIEN ÉLEVÉE!
LAISSEZ-MOI, JE SUIS FATIGUÉ!
SCLONG
LAISSEZ-MOI TRANQUILLE, JE SUIS VIEUX!
MAIS NON!
JE SUIS PAUVRE!
PAUVRETÉ N'EST PAS VICE!
JE NE SUIS PAS MARRANT!
MAIS SI!
JE BANDE MOU!
MENTEUR!
12

...ET ALORS ?
ALORS JE ME SUIS ENFUI EN COURANT POUR ME RÉFUGIER ICI.
OUI, BON, ÇA J'AI VU. MAIS LA BAISE, RACONTE !
BEN RIEN, DANS UN SURSAUT, JE LUI AI DIT QUE JE N'AVAIS PAS DE PRESERVATIFS !
ET ELLE T'A REPLIQUÉ QUE D'APRÈS SON ENQUÊTE ; T'ÉTAIS SANS RISQUES !
PAS DU TOUT ! "ÇA EMPÊCHAIT DE FAIRE DES ENFANTS !"
HO ? DÉBANDANT !
JE VEUX ! CE SONT MES CHEVEUX QUI SE SONT DRESSÉS ! J'AI DÉJÀ DONNÉ...
QU'EST-CE QU'ELLES ONT TOUTES AVEC LES MÔMES ?
LA MÊME CHOSE QUI T'A PERMIS DE VENIR AU MONDE GROS MALIN !
ALORS, POURQUOI TU NE LUI CÈDES PAS ? ELLE A L'AIR BIEN CETTE FILLE, MIEUX QUE TOI EN TOUT CAS...
SÛREMENT. MAIS MOI, LES ENFANTS, JE NE PEUX PLUS LÀ, FINI ! TERMINÉ ! JE SUIS TROP VIEUX !
ALLONS ! ÇA DOIT ÊTRE LE GENRE HYPER-ORGANISÉ, AVEC TOUTE SORTE DE PERSONNEL AD-HOC POUR FAIRE TOURNER LA BARAQUE !
TU PARLES ! LES ANGOISSES, LES MALADIES DES BÉBÉS, LA TROUILLE DES ACCIDENTS, LES MAUVAISES NOTES, LA CRISE D'ADOLESCENCE, C'EST POUR PAPA !
MA JEUNESSE A FILÉ À ÉLEVER MES DEUX ENFANTS. O.K, PAS DE REGRETS ! MAIS MAINTENANT J'AIMERAIS DISPOSER DE MA VIEILLESSE RIEN QUE POUR MOI !
VOUS AVEZ ENCORE TRENTE ANS POUR ÊTRE VIEUX, PAUL !
13

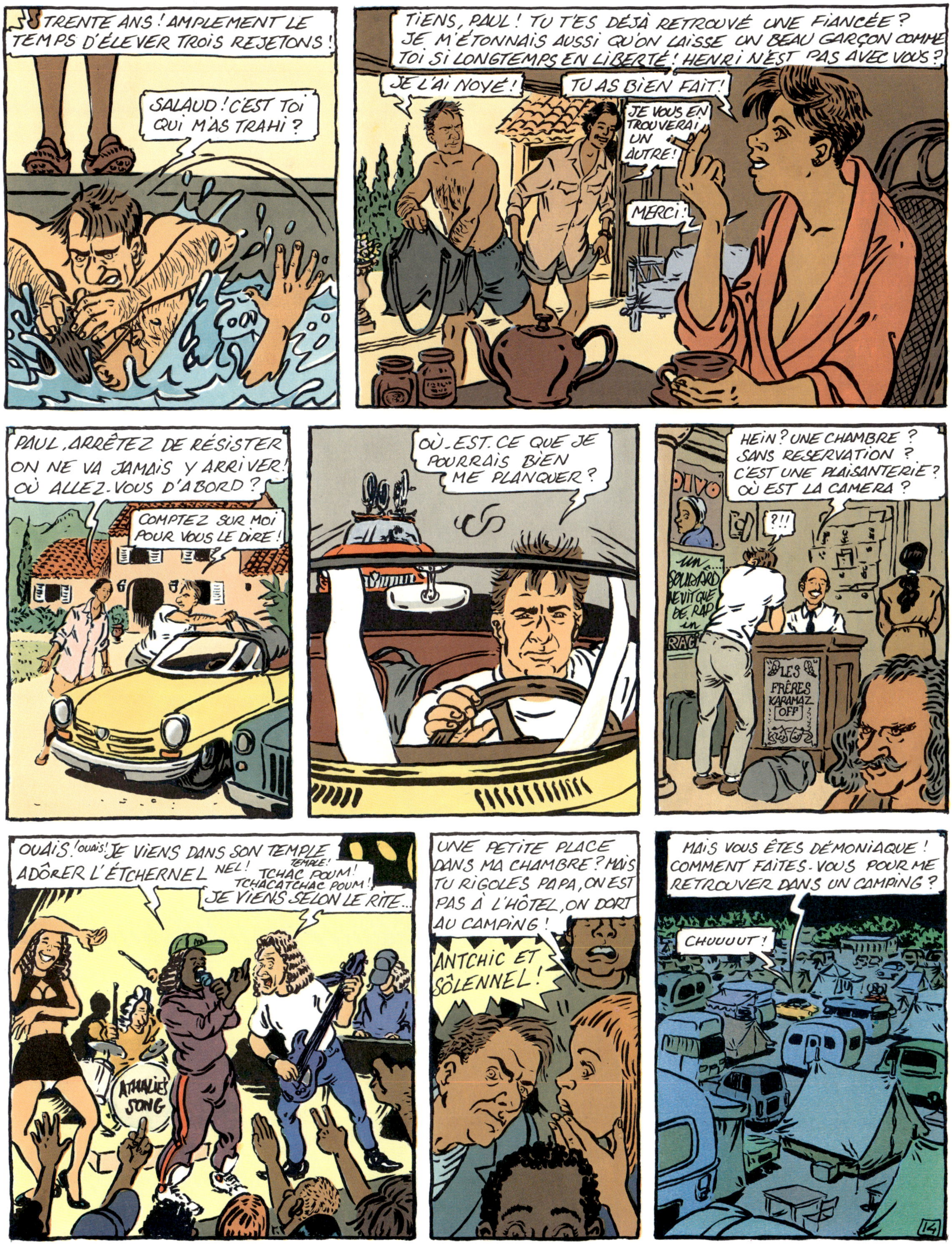
TRENTE ANS ! AMPLEMENT LE TEMPS D'ÉLEVER TROIS REJETONS !
SALAUD ! C'EST TOI QUI M'AS TRAHI ?
TIENS, PAUL ! TU T'ES DÉJÀ RETROUVÉ UNE FIANCÉE ? JE M'ÉTONNAIS AUSSI QU'ON LAISSE UN BEAU GARÇON COMME TOI SI LONGTEMPS EN LIBERTÉ ! HENRI N'EST PAS AVEC VOUS ?
JE L'AI NOYÉ !
TU AS BIEN FAIT !
JE VOUS EN TROUVERAI UN AUTRE !
MERCI !
PAUL, ARRÊTEZ DE RÉSISTER ON NE VA JAMAIS Y ARRIVER ! OÙ ALLEZ-VOUS D'ABORD ?
COMPTEZ SUR MOI POUR VOUS LE DIRE !
OÙ-EST-CE QUE JE POURRAIS BIEN ME PLANQUER ?
HEIN ? UNE CHAMBRE ? SANS RESERVATION ? C'EST UNE PLAISANTERIE ? OÙ EST LA CAMERA ?
?!!
DIVO
LES FRÈRES KARAMAZOFF
OUAIS ! ouais ! JE VIENS DANS SON TEMPLE ADÔRER L'ÉTCHERNEL NEL ! TEMPLE ! TCHAC POUM ! TCHACATCHAC POUM ! JE VIENS SELON LE RITE...
ATHALIE'S SONG
UNE PETITE PLACE DANS MA CHAMBRE ? MAIS TU RIGOLES PAPA, ON EST PAS À L'HÔTEL, ON DORT AU CAMPING !
ANTCHIC ET SÔLENNEL !
MAIS VOUS ÊTES DÉMONIAQUE ! COMMENT FAITES-VOUS POUR ME RETROUVER DANS UN CAMPING ?
CHUUUUT !

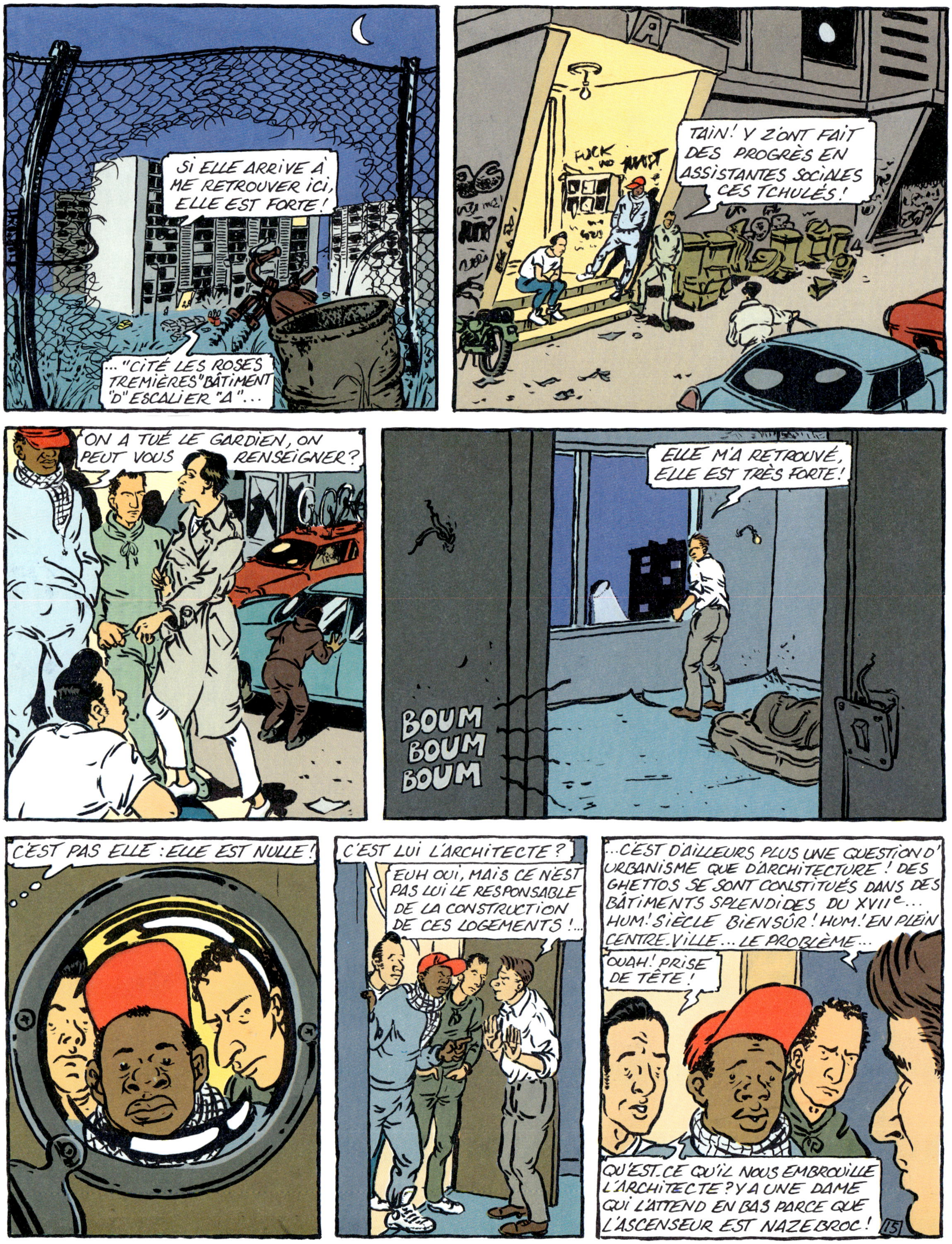
SI ELLE ARRIVE À ME RETROUVER ICI, ELLE EST FORTE!
..."CITÉ LES ROSES TREMIÈRES" BÂTIMENT "D" ESCALIER "A"...
TAIN! Y Z'ONT FAIT DES PROGRÈS EN ASSISTANTES SOCIALES CES TCHULÉS!
ON A TUÉ LE GARDIEN, ON PEUT VOUS RENSEIGNER?
ELLE M'A RETROUVÉ, ELLE EST TRÈS FORTE!
BOUM BOUM BOUM
C'EST PAS ELLE : ELLE EST NULLE!
C'EST LUI L'ARCHITECTE?
EUH OUI, MAIS CE N'EST PAS LUI LE RESPONSABLE DE LA CONSTRUCTION DE CES LOGEMENTS!...
...C'EST D'AILLEURS PLUS UNE QUESTION D'URBANISME QUE D'ARCHITECTURE! DES GHETTOS SE SONT CONSTITUÉS DANS DES BÂTIMENTS SPLENDIDES DU XVIIe... HUM! SIÈCLE BIENSÛR! HUM! EN PLEIN CENTRE VILLE... LE PROBLÈME...
OUAH! PRISE DE TÊTE!
QU'EST-CE QU'IL NOUS EMBROUILLE L'ARCHITECTE? Y A UNE DAME QUI L'ATTEND EN BAS PARCE QUE L'ASCENSEUR EST NAZEBROC!
15

ALORS, BLUFFÉ ?
MAIS COMMENT FAITES V... AAHHH D'ACCORD.
EH LES GARS, LE MEC AVEC DES VÉLOS SUR SON TOIT; IL HABITE ICI ?
BEN NON, SINON IL N'AURAIT PLUS DE VÉLOS !
ALORS C'EST UN FLIC !
PRIVÉ ! PRIVÉ !
VÉPRI OU BLICPU : SUR LE TOIT !
ARRÊTEZ C'EST VACHEMENT DANGEREUX
ALERTE À TOUTES LES UNITÉS ! JE RÉPÈTE...
POLICE
DÉSORMAIS, VOUS AUREZ DU MAL A ME RETROUVER
ARRÊTEZ, VOUS ALLEZ ME FAIRE PLEURER !
PRESSE
16

GNiiÂÂ
GNiAAA
18

ALAIN SCHIFRES A RAISON...
..."LE SKI, C'EST LA MINE EN NEGATIF ; LES MINEURS FAISAIENT LA QUEUE POUR DESCENDRE DANS LE...
...NOIR, NOUS ON LA FAIT POUR MONTER DANS LE BLANC." QUEL PROGRÈS !
ET TOUTES CES FRINGUES RIDICS FLUO, ÇA ME FAIT MAL AUX YEUX !
DANS CET UNIVERS DE CANAPÉS CONVERTIBLES : PROMISCUITÉ VOLONTAIRE ! ILS EN RIENT À L'EST !
À SIX DANS UN STUDIO AVEC MEZZANINE !
DONC ON SE PRIVE DE CE POURQUOI ON EST VENU : LE SKI !
JUSTE HISTOIRE D'ÊTRE UNE HEURE SEULE, UN PEU PEINARDE POUR PRENDRE UNE DOUCHE...
...GLACÉE ! CES SALAUDS ONT TIRÉ TOUTE L'EAU CHAUDE !!!

Guérilla des sexes

JE NE PARLE PAS DE NOUS. LA DIFFÉRENCE ENTRE HOMMES ET FEMMES EN GÉNÉRAL !
OLIVIER !... NOUS SOMMES À TABLE !
JE VEUX DIRE... LA DIFFÉRENCE PHYSIQUE EST MINIME, SOMME TOUTE !
JE SUIS SÛRE QUE VOUS ÊTES TROP MODESTE !
2
AH, BEN VOILÀ ! C'EST ÇA LA DIFFÉRENCE ON NE PEUT PAS DISCUTER SÉRIEUSEMENT AVEC VOUS !
PARCEQUE LES SEULS SUJETS QUI NOUS INTÉRESSENT SONT LES FRINGUES ET COMMENT SE DÉBARRASSER DE LA CELLULITE !
VOUS VOYEZ, VOUS CONTINUEZ !
PAS DU TOUT ! LES MECS N'EN ONT PAS, ÇA LEUR LAISSE DU TEMPS POUR PARLER FOOT ET BAGNOLE !
3
ON PARLE AUSSI PAS MAL DE CUL !
PAREIL POUR NOUS, SAUF QUE JE VOUS RAPPELLE QUE NOUS SOMMES À TABLE !
EN FAIT, ÇA COMMENCE À L'ÉDUCATION : LAYETTE ROSE POUR VOUS, BLEUE POUR MOI !
VOUS VOUS SOUVENEZ DE ÇA, VOUS ?
4
APRÈS, LES FILLES REÇOIVENT DES POUPÉES, ET LES GARS DES BOÎTES DE MECCANO !
MAIS IL ARRIVE QU'ILS SE LES PRÊTENT !
VOUS ÊTES DÉCOURAGEANTE !
IL Y A UNE CHOSE QUE VOUS POURRIEZ M'EXPLIQUER ? C'EST LA DIFFÉRENCE DE SALAIRE À TRAVAIL ÉGAL...
5

EUH... PARCE QUE... PARCEQUE... EUH...
ET POURQUOI ENTRE UN CANDIDAT ET UNE CANDIDATE LE PATRON EMBAUCHERA LE CANDIDAT ?
ÇA JE SAIS! LE CANDIDAT NE SE MET JAMAIS EN CONGÉS. MATERNITÉ! MÊME LES CHEFTAINES D'ENTRE. PRISE PRÉFÈRENT CHOISIR DES HOMMES!
NOUS VOILA AU CŒUR DU DÉBAT: NOUS FAISONS LES ENFANTS!
6
ET NOUS? ON COMPTE POUR DU BEURRE?
JE VOUS EN PRIE. UNE CRAMPE TIRÉE NERVEUSEMENT EN QUELQUES SECONDES!
SNAP!
PAULE! NOUS SOMMES À TABLE!
QUOI? QU'EST. CE QUE J'AI DIT? REVENONS AU DÉBAT: POURQUOI ENFANTONS. NOUS?
7
POUR VOUS DISTENDRE L'UTÉRUS DANS CE BUT, VOUS AVEZ TOUJOURS JUGÉ NOS BITES INSUFFISANTES!
DITES. DONC VOUS!
TIENS. DONC!... VOUS AVEZ LU GRODDECK VOUS?
SI VOUS CROYEZ QUE J'AI LE TEMPS DE LIRE. IL N'YA PLUS QUE LES GONZESSES QUI LISENT DE NOS JOURS!
QUI ÉCRIVENT AUSSI D'AILLEURS!
8
PAUVRE GUTEMBERG, SI IL AVAIT SU!
BON! ÇA VOUS DÉFRISERAIT DE PRENDRE LA COMMANDE?
TIENS! C'EST AMUSANT ÇA: "COMMANDE" EST FÉMININ "DÉSIR" MASCULIN... INTÉRESSANT! JE VAIS EN PARLER AU CHEF...
...QUI FAIT "LA" CUISINE!
9

ET QUI, DE PLUS EST "UN" AMOUR !
DEVENANT FÉMININ AU PLURIEL !
JE NE COMPRENDS PLUS RIEN !
VOUS ÊTES ASSOMMANT VOUS, À TOUT VOULOIR COMPRENDRE !
OUAIS, CONTENTEZ-VOUS DE L'INTUITION... FÉMININE !
10
AU FAIT, POURQUOI IL N'Y A PAS DE "MAÎTRESSE D'HÔTEL" ?
ÇA SONNERAIT UN PEU TROP BOBINARD !
N'EMPÊCHE, SI JE NE M'ÉTAIS PAS RETENU, JE LUI CASSAIS LA GUEULE
ÇA C'EST MASCULIN ! NOUS ON NE SE BAT QUE SI ON A LA MÊME ROBE !
11
FAITES LES CIVILISÉES ! LES FEMMES FONT LA GUERRE AUSSI BIEN AUJOURD'HUI
AUSSI BIEN PEUT-ÊTRE PAS, NOUS DÉBUTONS !
N'IMPORTE COMMENT, UNE GÉNÉRALE NE SERA JAMAIS QUE LA FEMME D'UN GÉNÉRAL, VOUS N'AVEZ JAMAIS DONNÉ DE CHAMPIONNE D'ÉCHECS !
C'EST QUAND ON VEUT !
12
IL N'Y A PAS SI LONGTEMPS ON DISAIT LES FEMMES DÉNUÉES D'HUMOUR. C'EST QUI LES PLUS MARRANTES MAINTENANT ?
BOF !
"FEMME QUI RIT EST DÉJÀ DANS TON LIT !" LA RÉCIPROQUE N'EST VISIBLEMENT PAS VRAIE !
NON ! POUR MOI LES RIGOLOTES SONT TOUJOURS HYSTÉRIQUES !
13

BIEN QUE VOUS MANQUIEZ SINGULIÈREMENT DE NICHON À MON GOÛT, JE NE SERAIS PAS POUR MA PART HOSTILE AUX DRÔLESSES DE VOTRE ACABIT!
PFRRT!
IL NE VOUS PLAÎT PAS? J'AURAIS DÛ FAIRE GOÛTER MADAME, ELLES DEVIENNENT EXPERTES EN ŒNOLOGIE!
14
NON MAIS, VOUS AVEZ ENTENDU CE QU'IL A DIT?
OUI, MAIS LES AMOURS ANCILLAIRES CE SERAIT PLUTÔT VOTRE TRUC!
VOUS NE RÉAGISSEZ PAS?
VOUS SAVEZ, ENTRE VOTRE FAÇON HYPOCRITE DE ME PROPOSER LA BOTTE ET LA SIENNE, JE PRENDS LES DEUX COMME UN HOMMAGE!
15
FACILE HEIN? VOUS DISPOSEZ! ET QUAND ON SAIT QUE VOUS JOUISSEZ MIEUX QUE NOUS!
QUAND ON JOUIT... AU MOINS ON N'A PAS DE PROBLÈME D'IMPUISSANCE
AU FOND, VOUS ALLEZ TOUT AVOIR! JE COMPRENDS QUE CERTAINS HOMMES RÉSISTENT!
ILS ONT TORT. ILS SE PRIVENT D'UNE VISION DU MONDE QU'ON PEUT LEUR OFFRIR. PIQUONS NOUS NOS BONS PLANS!
16
"UNE VISION DU MONDE" VOUS N'AVEZ PAS LA MÊME QUE LA NÔTRE! C'EST POUR ÇA QU'ON VOUS BRÛLAIT AU MOYEN ÂGE! IL Y A DONC BIEN UN COMPLOT!
OUI? BON! BEN IL Y A ENCORE DU BOULOT!
Martin Veyron

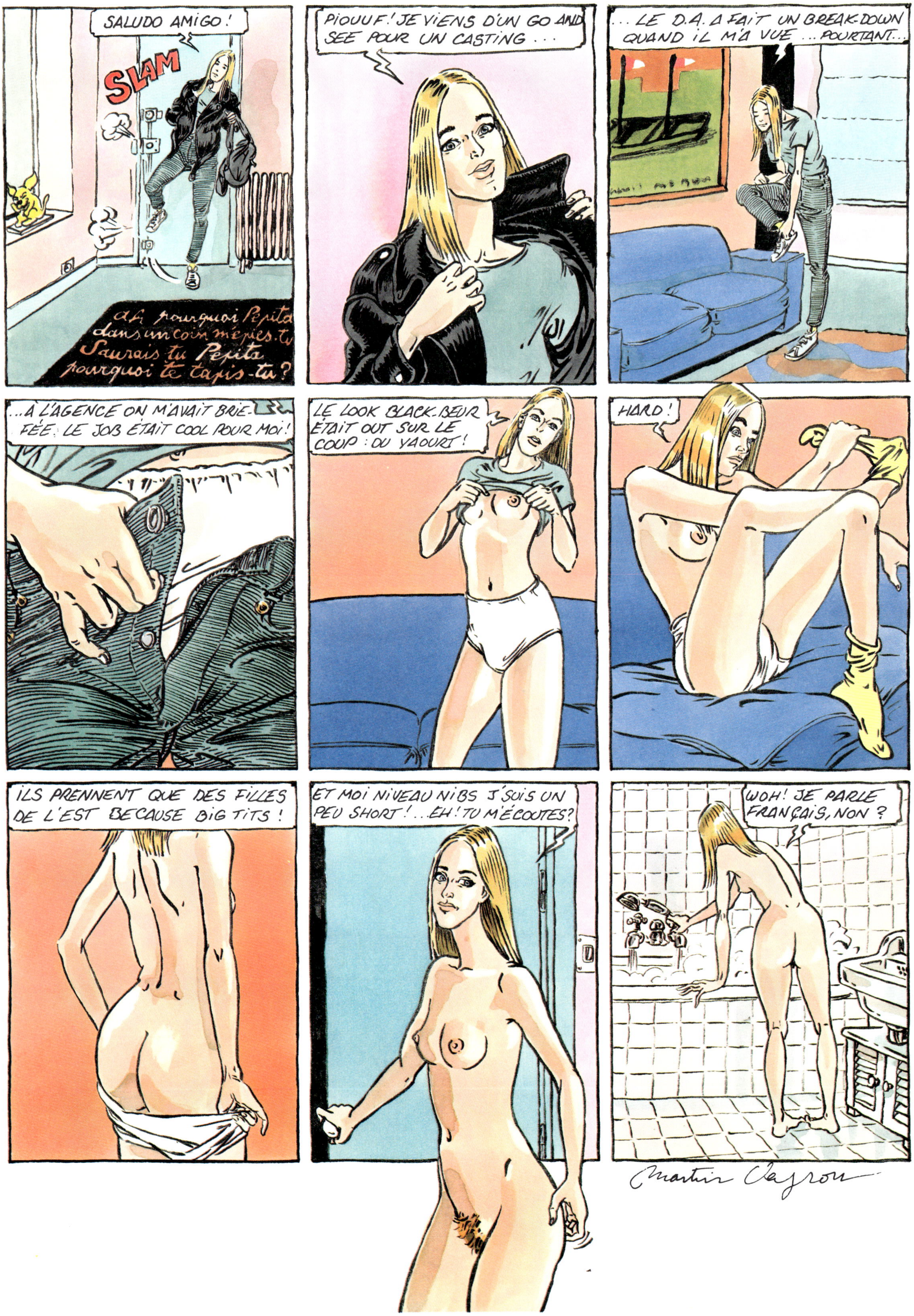
SALUDO AMIGO !
SLAM
ah pourquoi Pepita dans un coin m'épies-tu Saurais tu Pepita pourquoi te tapis-tu?
PIOUUF ! JE VIENS D'UN GO AND SEE POUR UN CASTING . . .
. . . LE D.A. A FAIT UN BREAK-DOWN QUAND IL M'A VUE . . . POURTANT . . .
. . À L'AGENCE ON M'AVAIT BRIE-FÉE: LE JOB ÉTAIT COOL POUR MOI !
LE LOOK BLACK-BEUR ÉTAIT OUT SUR LE COUP : DU YAOURT !
HARD !
ILS PRENNENT QUE DES FILLES DE L'EST BECAUSE BIG TITS !
ET MOI NIVEAU NIBS J'SUIS UN PEU SHORT ! . . EH ! TU M'ÉCOUTES ?
WOH ! JE PARLE FRANÇAIS, NON ?

Aucun sport

BON WEEK-END GAUTIER ?
OUILLE MON PRESIDENT !
QU'EST-CE QU'IL Y A, JE VOUS AI FAIT MAL ?
TENNIS-ELBOW MON PRÉSIDENT !
EH BIEN, QU'EST-CE QUI VOUS ARRIVE MON VIEUX ?
JE ME SUIS FILÉ UN GRAND COUP DE PUTTER AU DESSUS DE LA WESTON !
VOUS VOUS ÊTES DÉMOLI LE DOS AU JOGGING BERTRAND ?
COMMENT LE SAVEZ-VOUS PRÉSIDENT ?
PRÉSIDENT ? LES POSTULANTS À LA DIRECTION DE L'OUEST VOUS ATTENDENT !
BON ! ÇA VA ÊTRE VITE VU ! VOUS ! VOUS FAITES DU SPORT ?
EUH... JE... AUCUN, HÉLAS !
IL EST PARFAIT LUI ! MESSIEURS JE VOUS REMERCIE : LE POSTE EST POURVU !
?

Qu'en pensez-vous Solange

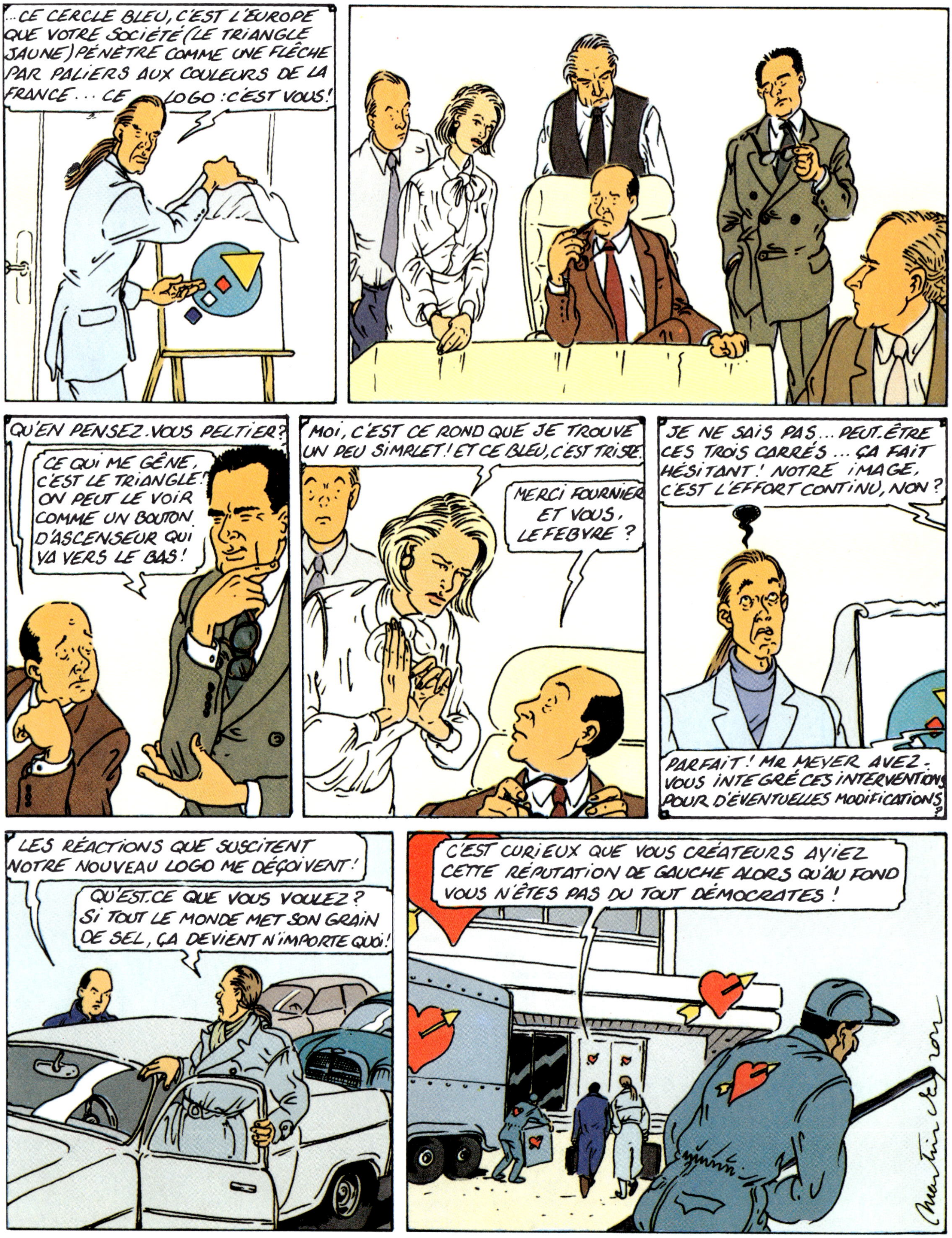

Le rêve

C'EST LEROUX, LE RENFLOUEUR DE LA SOPOTREX : L'HOMME AU MILLIARD D'IDÉES !
PAR ICI, JE VOUS PRIE !
MONSIEUR LEROUX, NOUS VOUS REMERCIONS DE PERMETTRE À NOS TÉLÉSPECTATEURS DE PERCER LE SECRET DE VOTRE RÉUSSITE !
EH BIEN, CELA TIENT EN UN SEUL MOT : SIESTE !
PENSEZ-VOUS FAIRE AVALER ÇA À UNE NATION INDUSTRIEUSE ?
J'AI ICI-MÊME EU DU MAL À FAIRE ADMETTRE CETTE DISCIPLINE AU SEIN DE L'ENTREPRISE...
...POURTANT NE VAUT-IL PAS MIEUX UNE DEMI-HEURE D'ABSENCE RÉGÉNÉRATRICE QUE CES DEUX HEURES PERDUES À LUTTER CONTRE LE COUP DE MOU POST-DÉJEUNER ?
...NE PAS DÉRANGER, JE SUIS EN RÉUNION AVEC MOI-MÊME !
L'ESPRIT LIBÉRÉ REVIENT AU RÉVEIL AVEC LES SOLUTIONS AUX PROBLÈMES QUI L'ASSAILLAIENT ! LA NUIT PORTE CONSEIL ? LA SIESTE AUSSI !
DEUX RÉVEILS PAR VINGT-QUATRE HEURES ÉGALENT DEUX FOIS PLUS D'IDÉES ! JE RÊVE D'UNE SOCIÉTÉ OÙ LES SIESTEURS LIBÉRÉS DE LA CULPABILITÉ QUI FAIT LES RÉVEILS PÂTEUX...
...ME REMERCIENT DE LEUR AVOIR RENDU LA LÉGITIMITÉ POUR CETTE HYGIÈNE DE VIE GARANTE D'ÉQUILIBRE : MERCI... LEROUX !
LEROUX ? VOUS RÊVEZ MON VIEUX !
Zzz
?

Amis

JE SUIS VENU DÈS QUE J'AI PU! QU'EST-CE QUI SE PASSE?
RIEN! UN MOMENT DE FAIBLESSE. JE N'AURAIS JAMAIS DU T'APPELER!
ALLONS! TU PEUX TOUT ME DIRE, NE SUIS-JE PAS L'AMI DE TOUJOURS?
OUAIS! LES AMIS, ON EN A PLEIN AU SOMMET! EN BAS ON EST VRAIMENT TOUT SEUL!
C'EST SI GRAVE QUE ÇA?
NON!... PAS ENCORE! MAIS JE ME SENS SI FATIGUÉ!
TU SAIS, JE ME POSE DES QUESTIONS : CETTE LUTTE CONTINUELLE POUR LA FORTUNE, LA PUISSANCE, ATTAQUER, SE DÉFENDRE... PFFFFFF!
ON EST VIEUX MAINTENANT! T'AS PAS DES ENVIES DE ROSIERS TOI?
HEIN?...SI!
ENFIN! CONTINUE À RACONTER QUE JE SUIS UN CONQUÉRANT, N'ALLONS PAS FAIRE DÉGRINGOLER NOS ACTIONS, ELLES TOMBERONT BIEN TOUTE SEULES!
EH! À QUOI SERVENT LES AMIS?
POUR UNE FOIS QUE JE SUIS PRÉVENU À TEMPS! ALLEZ, PAS DE SENTIMENTS, JE SUIS UN TUEUR!
...JE VOUS AVAIS LAISSÉ ENTENDRE QU'UN PAQUET D'ACTIONS SE LIBÉRERAIT... OUI, SURVEILLEZ LE MARCHÉ ÇA DOIT DÉJÀ Y ÊTRE!... JE VOUS EN PRIE : À QUOI SERVENT LES AMIS?

Sushis

LE MODELE JAPONAIS
..... LA TECHNOLOGIE JAPONAISE ......
......A CAUSE DES JAPONAIS...
... DES MÉTHODES JAPONAISES ...
... LES PRODUITS JAPONAIS ...
TAXI
...A LA BOURSE DE TOKYO, LE YEN A FRANCHI
... LA CONCURRENCE DES JAPONAIS !
BONNE JOURNÉE ?
...DU MIRACLE JAPONAIS ...
OUI... NON... J'AI DES SUSHIS !

Syndrome Rock-star

Bras de guimauve

Bouter les anglois hors de France...
BONG
...oncques ne vit jamais plus rude tasche
CROUÏ CROUÏ
BONG
Point n'aurais dû oster mon Walkman!
BALANG BLING
Guerroyer est affayre d'homme!
PING
Chevaucher m'eschauffe vulve!
Point ne m'ont crue: ils m'auront cuite!
CROUÏ CROUÏ
Que ne suis-je nommée Mireille?
SBOLONG GONG
Silensce la Pucelle! y en a qui gousteraient sommeiller! Demain, y a eschole!
Va te faire tester par maints enfanteaux, eh, Messire de Rais...duc! hi, hi, hi,
Martin Veyron

Réveillon élyséen

Craintes ectoplasmiques

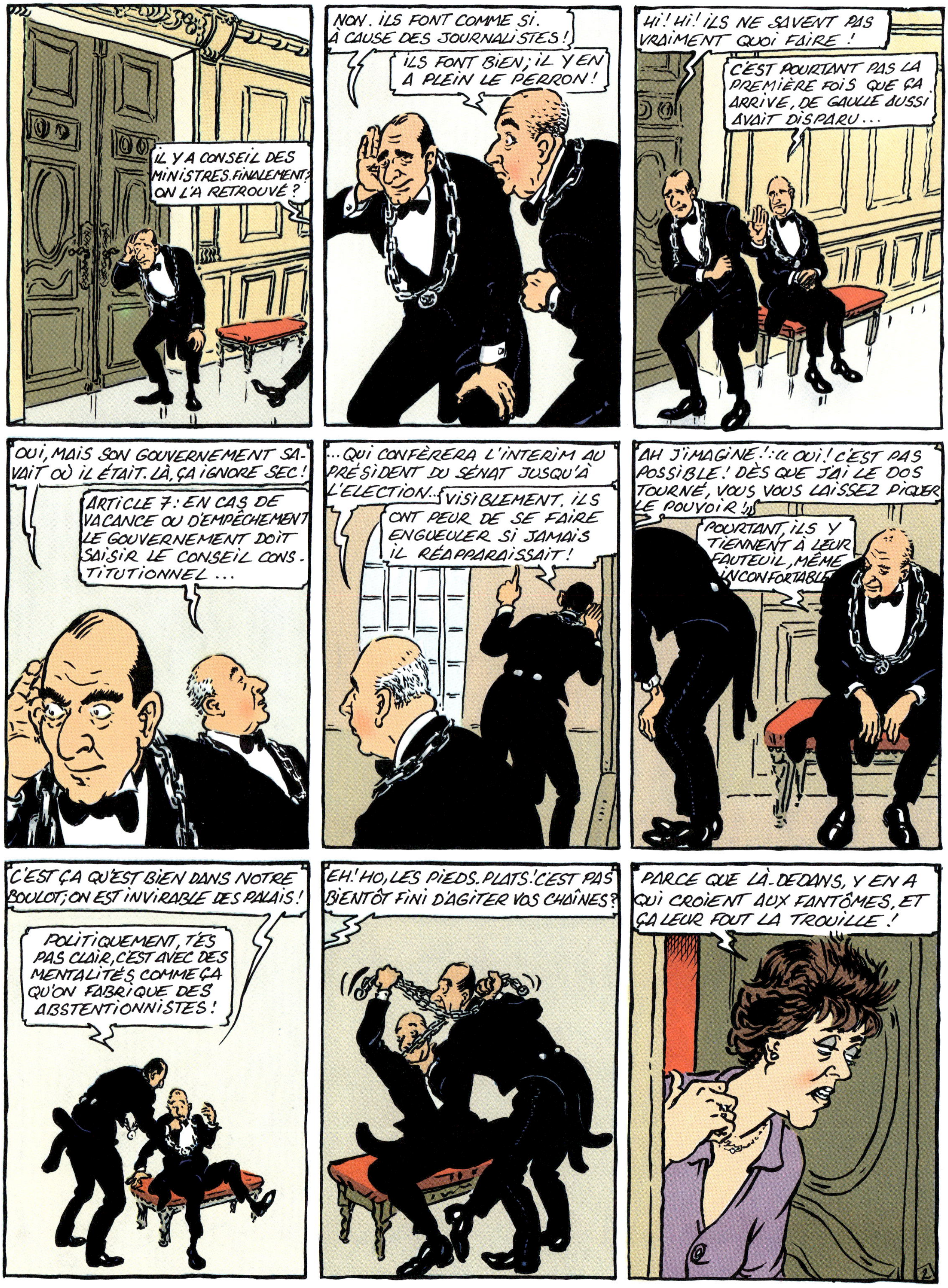

Age nouveau

EH? TU SAIS CE QU'ON DIT DANS LA VALLÉE? LE PRÉSIDENT A DISPARU!
POMPIDOU?
MAIS NON!
ÇUI-LÀ, C'EST ÇUI QU'EST MORT QUAND ON EST ARRIVÉ ICI!
EXILÉS! APRÈS Y A EU QUI DÉJÀ?
UN GRAND MAIGRE QUI FAISAIT DES TRUCS DE GAUCHE POUR CONSERVER LE POUVOIR À LA DROITE!
MAUVAIS KARMA!
PIS APRÈS, PLUS PERSONNE N'EST VENU NOUS VOIR. ALORS, LES NOUVELLES. SANS RADIO, SANS TÉLÉ...
LES NOUVELLES DES FASCISTES, ON S'EN PASSE. MAIS PEUT-ÊTRE QU'UN HOMME DE GAUCHE VA SE LEVER...
...ET SE SAISIRA DU POUVOIR POUR LE RENDRE AU PEUPLE QUI FRANCHIRA LA FRONTIÈRE SÉPARANT LES TÉNÈBRES DE LA LUMIÈRE...
ON VA FAIRE HOU! HOU! AUX RICHES CAPITALISTES
DÉBARRASSER LA PRÉSIDENCE DE CES SIMAGRÉES DROITIÈRES.
CHANGER LA VIE...
PEUT-ÊTRE AUSSI CHANGER DE FEMME, CELLE-CI COMMENCE À SE FAIRE UN PEU VIEILLE!
3

Rêve américain

Sosie Nivernais

Reprise banlieusarde

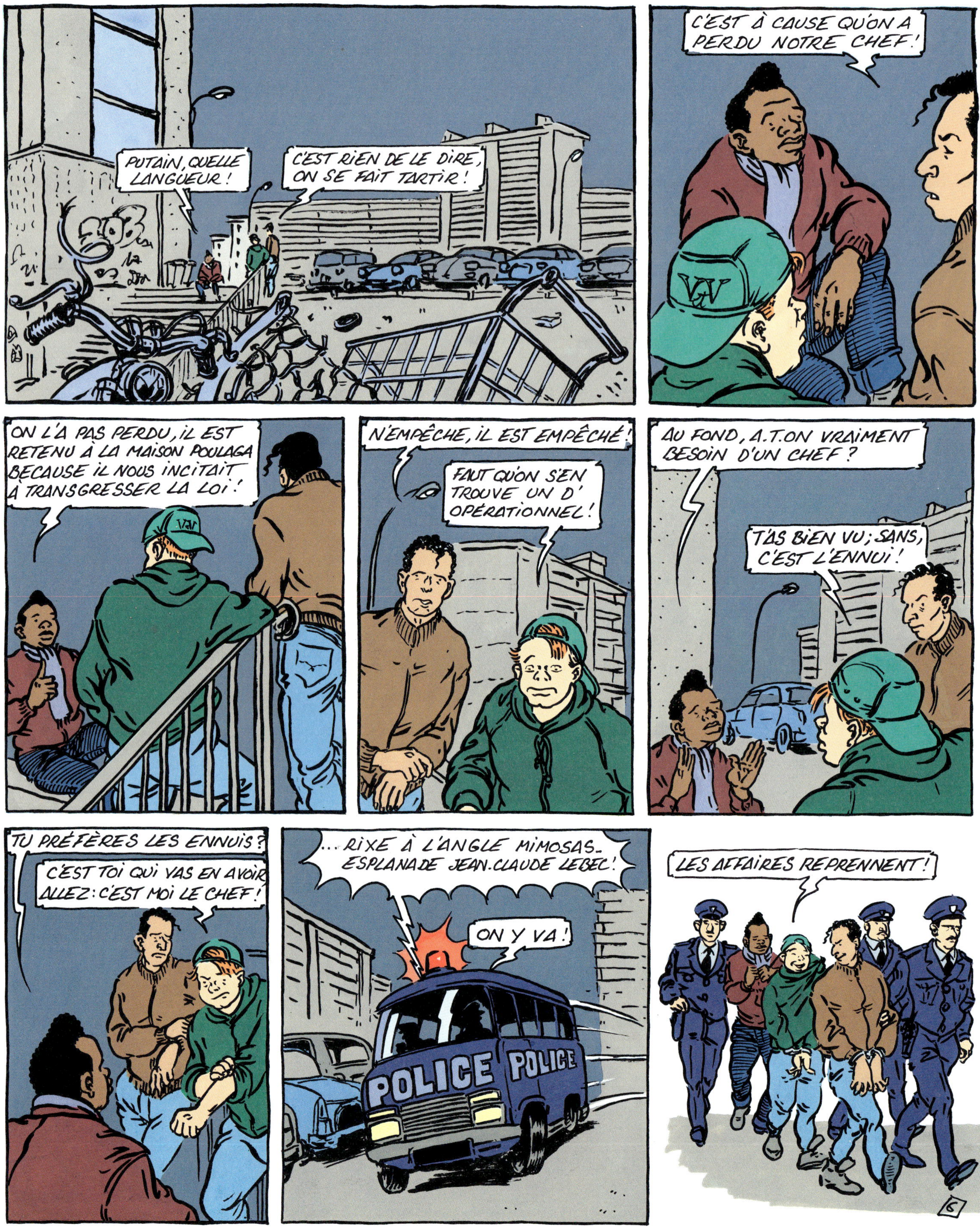

Solidarité symphonique

Abandon social

Résolution matinale

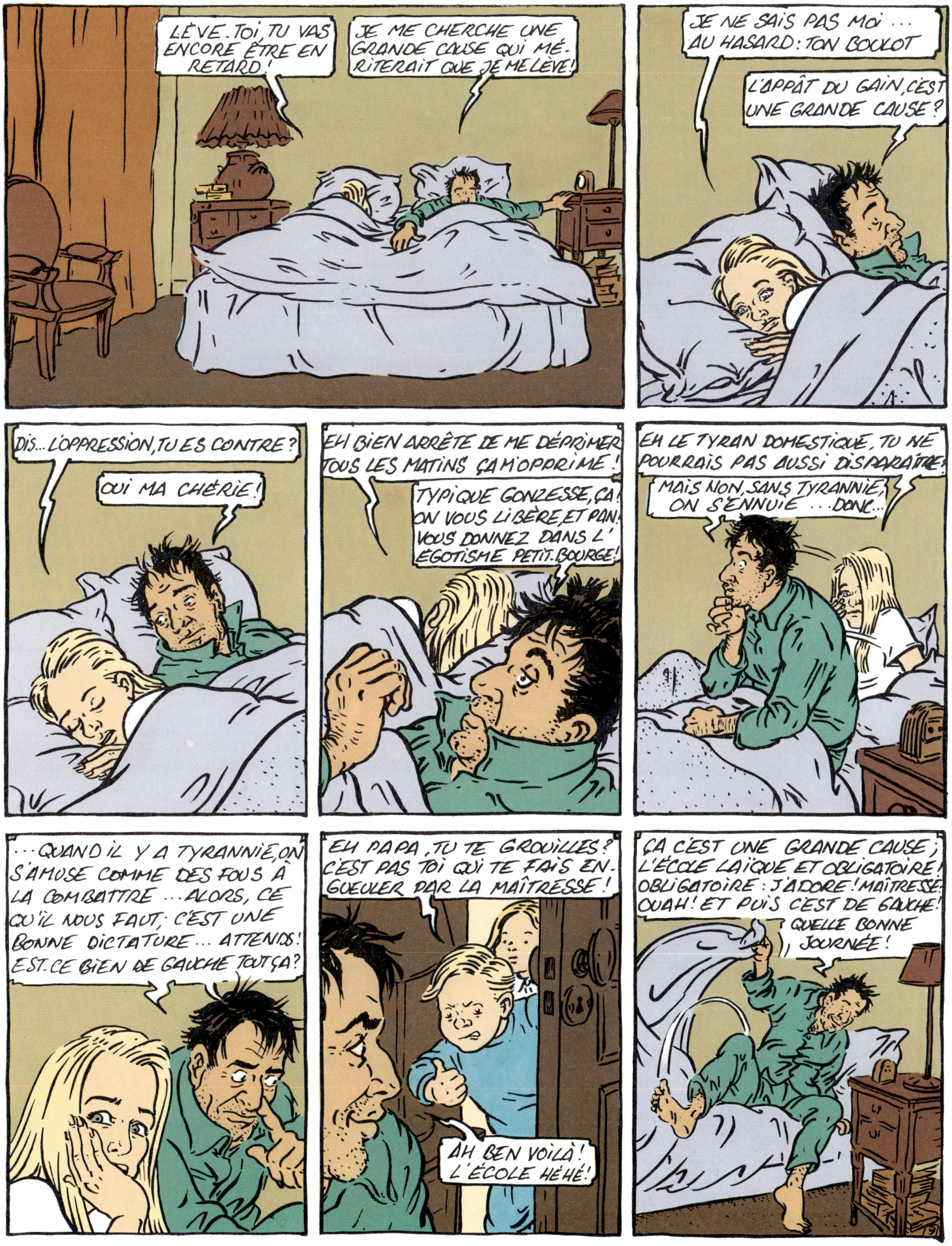

Cynisme alpin

Illusions pensionnées

Fin finale

PRÉSIDENT! PRÉSIDENT! LE PEUPLE A DISPARU!
?
HEIN? QU'EST-CE QUE VOUS ME CHANTEZ LÀ?
EH BIEN, LE PEUPLE; ON NE SAIT PAS OÙ IL SE TROUVE.
DONNEZ-LUI CE QU'IL AIME, VOUS LE VERREZ RAPPLIQUER!
PRÉCISÉMENT, ON NE SAIT PLUS CE QU'IL AIME!
FI DONC! IL FAUT LE LUI DEMANDER!
VOUS ÊTES SOURD OU LOURD? ON VOUS DIT QU'IL A DISPARU LE PEUPLE! COMMENT LUI DEMANDER?
SUR UN AUTRE TON, HEIN, ET LA DÉFÉRENCE, ELLE A DISPARU AUSSI?
O.K! QU'EST-CE QU'ON FAIT?
DÉPÊCHEZ CEUX DES NÔTRES DOUÉS D'UN SAVOUREUX LANGAGE POPULAIRE!
C'EST FAIT! ILS DISPENSENT LEUR SAVOUREUX LANGAGE POPULAIRE DANS LE DÉSERT!
J'AJOUTE QUE C'ÉTAIT UN TANTINET DÉMAGO!
HEIN?
LE PEUPLE PRÉFÈRE DISPARAÎTRE QUE SE PASSER D'ESPOIR! QUEL EST VOTRE ESPOIR PRÉSIDENT: QUE L'OPPOSITION FASSE UNE BOURDE DE DERNIÈRE MINUTE?
...COMME D'HABITUDE?
HEIN? HEIN? HEIN? DISPARAISSEZ!
J'AI RIEN COMPRIS À CETTE HISTOIRE DE DISPARITIONS!
VOUS N'ÊTES PAS LE SEUL, C'EST POUR ÇA QU'ELLE DISPARAÎT AUSSI!